LE TEMPS

QUI COURT.

PRIX, 30 CENTIMES.

PARIS,

Chez CORRÉARD, libraire, Palais-Royal, galerie de bois.

13 mai 1820.

LE TEMPS
QUI COURT.

<center>~~~~~~~~~</center>

Art. 1er.

Quoique la lettre suivante, comme le prouve sa date, n'ait rapport à rien de ce qui se passe en France aujourd'hui, je n'ai pu résister au désir de la publier sans me permettre d'y faire le plus léger changement. Elle paraît avoir été écrite à l'occasion des Missions qui se répandirent dans le royaume, après la révocation de l'édit de Nantes, pour travailler à la conversion des protestans du bas peuple, que la médiocrité de leur fortune et l'obscurité de leur rang avaient fait négliger lors des dragonnades, et qu'à raison de leur grand nombre, on n'avait pu envoyer aux séminaires de Toulon, Brest et Rochefort, vulgairement connus sous le nom de galères.

A Tours en Touraine, le 29 d'avril 1720.

Mon très-révérend maître et cher compère, la reconnaissance est la vertu des ames bien nées ; et j'ose dire que la mienne n'est point bâtarde. Je n'oublierai jamais que c'est à vos bonnes leçons que je suis redevable des deux choses auxquelles un homme de bon sens doit tenir le plus ; je veux dire, mes moyens d'existence en ce bas monde et mon salut dans l'autre. Oui, très-révérend maître et cher compère, c'est à vous que je dois tout cela.

Sans vous je ne serais, peut-être, encore qu'un pauvre *Pierrot* d'escamoteur en plein vent, et qui pis est, un misérable profane, voué à la damnation éternelle.

C'est vous, qui, en me mettant à même d'exercer pour mon compte, et de faire mon tour de France, m'avez procuré l'occasion la plus favorable que je pusse espérer. Quelle sera votre joie, très-révérend maître et cher compère, en apprenant comment votre ancien élève *Turlupin*, a échangé sa veste et son pantalon en toile à matelas et son bonnet de *Paillasse*, contre une belle souquenille, noir de corbeau, qui lui descend depuis le menton jusqu'à la cheville, et un beau grand chapeau de charbonnier, tout battant neuf.

Quelle sera votre joie en apprenant comment j'ai détaché ma gibecière aux noix muscades et mon sac à poudre de *perlinpinpin*, pour pendre à ma ceinture, un beau chapelet à trois têtes de mort et cinq *ave* d'ivoire, gros comme des œufs de pigeon !

« Le dimanche, 15 janvier dernier, j'avais établi mon cabinet de physique sur la grande place de la ville de N****. C'était à la sortie de la grand'messe, et j'avais déjà placé sept douzaines et demie de paquets de ma poudre de pois d'iris, qui, comme vous le savez, guérit, radicalement et sans douleur, les cors aux pieds, les maux de dents, les yeux chassieux et les maux de reins, les cours d'oreille et les flux de sang ; qui dissipe et fortifie les indigestions et les battemens de cœur, palpitations de foie, tintemens de l'ouïe et toutes les maladies nerveuses généralement quelconques ».

Tout me promettait une bonne journée, et je venais d'annoncer à mes chalands que ma poudre guérissait encore de la berlue, ce qui n'était qu'un mot pour rire; tout à coup le bruit se répand qu'une troupe de missionnaires est aux portes de la ville.

C'était pire, que si l'on eût crié au feu !

Aussitôt mon auditoire s'éparpille, et c'est en vain que je m'efforce de le rappeler, en offrant mon remède contre la berlue. J'entends partout crier : des missionnaires, des missionnaires ! et chacun d'y courir, si bien qu'en un clin d'œil je me vis presqu'abandonné : tant il est vrai, qu'il n'y a rien de plus terrible pour les gens de commerce, que la concurrence.

A peine arrivés, les bons pères se rendent à l'église et toute la population les suit. J'allais plier bagage ; une douzaine de jeunes égrillards de l'endroit m'en empêchent, et m'engagent à continuer l'annonce de ma poudre contre la berlue. Je me remets à crier de plus belle : à trois sous le paquet ! à trois sous ! guérissez-vous de la berlue pour trois sous !

Un des bons pères sort de l'église, et m'ordonne de cesser mon commerce impie. Muni de la permission de mon seigneur le premier échevin, et croyant n'avoir rien à démêler avec le bon père, je ne tins compte de sa défense, et je continuai de crier : à trois sous les petits paquets ! guérissez-vous de la...... Je n'eus pas le temps d'achever, le bon père me saisit au collet, en m'appelant tison d'enfer. Monsieur, lui répondis-je, si vous avez jamais un rôle dans les cheminées de Lucifer, je puis, à votre encolure, vous y promettre celui de la bûche de Noël.

A peine j'avais commis ce blasphême, qu'une trentaine de femmes accourues sur les pas du bon père, me saisissent de tous côtés, culbutent ma boutique, m'arrachent ma gibecière et jettent ma poudre au vent. En deux minutes, me voilà déchiré, dévalisé, battu ; et, si quelques jeunes gens ne m'avaient retiré des mains du bon père et de son cortège femelle, c'en était fait de moi, et je mourais sans confession ; mais la Providence ne le permit pas.

On me porta tout sanglant et meurtri à mon auberge. Un chirurgien pansa mes bosses, me fit bassiner un lit, et je dormis quatre heures entières.

Jugez de ma frayeur à mon réveil, quand j'aperçus à mon chevet le principal auteur de ma déconfiture. Le bon père en fit la remarque, me prit la main, et, d'une voix radoucie, me pria de lui pardonner sa vivacité, en m'assurant que rien ne me manquerait pour me rétablir. Un mouvement que je fis dans mon lit, raviva toutes mes souffrances et par suite ma rancune ; et, loin de répondre comme je le devais, au bon père, je me répandis en invectives et le menaçai de me plaindre à l'autorité aussitôt que je pourrais mettre un pied devant l'autre. Le saint homme, voyant mon endurcissement, se leva furieux, et me dit d'une voix de tonnerre : Vas te plaindre, si tu l'oses, misérable escroc, charlatan, possédé du diable ! — Ne profitez pas de ce que je suis à votre discrétion, lui répliquai-je ; je ne suis qu'un charlatan, j'en conviens, mais peut - être n'est-ce pas à vous de m'en faire des reproches. Car enfin, il y a charlatan et charlatan, comme fagots et fagots, et il faut que tout le monde vive, le ratelier est assez grand pour tous.

Je m'attendais à être roué de coups ; il n'en fut rien ; bien au contraire, le père Poingcarré (c'était le nom de l'apôtre) se mit à rire, et reprenant sa chaise en face de moi, il me pria de l'écouter et de lui répondre.

J'y consentis, et tel fut à peu près notre entretien.

Le père Poingcarré. — Ah çà ! l'homme de bien, tu m'as l'air d'un fin matois ; tes répliques m'annoncent un

maître passé; réponds-moi : comment va ton métier ? —
Ah ! mon père , de mal en pire , les dupes deviennent plus
rares tous les jours. Ce n'est pas étonnant, les anciens ont
de l'expérience , et les jeunes gens savent presque tous lire
aussi bien que vous et moi. Ces maudits réformateurs ont
tant fait et dit , que les paysans d'à cette heure n'ont guère
plus de confiance dans nos petits paquets que dans vos in-
dulgences. — Maraud, tu y vois clair ! — Quand on vend de
la poudre contre la berlue, c'est bien le moins, mon père,
qu'on se nettoye la vue. — Maître drôle, tes meurtrissures
ne t'empêchent pas de plaisanter ! Ah çà , tu crois donc que
l'instruction du peuple nuit au commerce des charlatans ,
tu en es convaincu ? — Ce n'est pas à vous à me faire cette
question-là, mon père, vous en devez savoir quelque chose.
— Effectivement, j'ai cru remarquer que dans ces maudites
provinces où les huguenots avaient pullulé, chaque village
avait son maître d'école, et que les catholiques même, et
surtout les jeunes , devenaient de jour en jour moins faciles
à persuader. — J'en puis dire autant, mon père , et votre
affaire de Saint-Malo a pu vous convaincre. — Est-ce que
tu la connais? — J'y étais arrivé le même jour que vous, et
votre catastrophe m'a , je crois, porté malheur : pendant
trois jours je n'y ai pas seulement fait mes frais. — Garde-
toi bien de dire ici que c'est à nous que cela est arrivé ;
nous y retournerons, morbleu, et nous verrons s'ils nous
forceront à déguerpir ; mais d'ici là, tais-toi. — Soyez tran-
quille, je ne suis pas faux frère, et je sais ce qu'on se doit
entre gens de même sorte ; j'ai retenu la morale d'une fable
qui me paraît excellente ; *Corsaires attaquant corsaires —*
Ah ! je sais , *ne font pas souvent leurs affaires.* — C'est cela
mon père. — L'auteur avait bien raison. — Cependant,
mon père, vous m'avez appelé en public , charlatan , impie , escroc, tison d'enfer ; savez-vous qu'il en faut souvent

moins que cela pour décréditer un honnête homme , et que cela n'était pas très-paternel de votre part. — J'ai eu tort, je l'avoue; mais qu'à cela ne tienne ; soyons amis. — De tout mon cœur, mon père, et si vous le permettez.... Le bon Poingcarré me rendit ma poignée de main en me disant : Sais-tu faire des tours de force ? — Belle demande ! mon père en vendait ; à dix ans je faisais le saut de carpe comme un ange, le saut périlleux, le moulinet, le tourne-broche, le casse-cou, l'anneau magique, etc. etc., et, tel que vous me voyez, c'est aujourd'hui pour la seconde fois de ma vie que j'ai les bras et les jambes rompus. A quinze ans, j'étais un des premiers équilibristes-danseurs de corde de Paris et des provinces. — Voudrais - tu reprendre ton ancien métier ? —Je vous vois venir, la concurrence vous fait peur ; la vente de mes petits paquets gêne d'autant le dé-bit des.... — Cela se peut, mais tu ne me devines pas, loin de vouloir te nuire, je veux te mettre à l'aise. — Comment cela, mon père ? — Ne sais-tu pas que de deux mauvaises boutiques on en peut faire une bonne ? — Eh bien ? — Ces maudits réformateurs ont tout gâté avec leurs livres. Le peuple ne croit guère plus à nos paroles qu'aux tiennes ; tant que nous nous en tiendrons là, il n'y aura que de l'eau à boire , les miracles seuls peuvent la changer en vin. — Et le moyen d'en faire des miracles ? — Comment fais-tu tes tours d'escamotage ? — J'ai des compères. — Eh bien ! avec des compères, il n'y a pas de miracles impossibles ! — Je vous entends, mon père, mais quel serait mon rôle à moi ? — Tu serais chargé des contorsions, des convul-sions, des frénésies, des paralysies, des abjurations, des conversions ; c'est-à-dire que tu serais tour à tour possédé du diable, épileptique, enragé, infirme, juif, turc et protestant converti, que sais-je enfin, tu serais tout ce qu'on voudrait ? — Et ma femme que j'ai laissée à l'hô-

pital , à trente lieues d'ici , qu'en feriez-vous ? — Peut-elle
te seconder ? — A merveille , elle est fille d'un *maëstro
operatore* de Venise. — Elle aurait aussi ses rôles. On
pourrait même vous en arranger pour tous deux ensemble.
Vous pourriez, par exemple, jouer celui de gens mariés
par des prêtres de la réforme , vous nous demanderiez de
nouveau le sacrement; et au surplus , pour peu que ta
femme soit gentille , on en ferait une marchande *au béni-
tier;* à la porte de chaque église on lui établirait un comp-
toir ou débit de marchandises de notre fabrique. — Dieu
soit loué , mon père, me voilà au port du salut! mais à-
propos, ne pourrai-je pas continuer le débit de ma poudre?
— Je n'y vois pas de moyen. — Rien de plus aisé, cependant; quand je la vendais tout seul , elle guérissait ou ne
guérissait pas la berlue et les corps aux pieds; débitée sous
votre protection, pourquoi ne guérirait-elle pas tout aussi
bien de la rage ou de toute autre infirmité qu'il vous plai-
rait de choisir? elle pourrait se prendre avec des *neuvaines.*
— Tudieu, maître coquin , tu m'ouvres là un bon avis,
nous n'avions pas pensé aux orviétans, tu seras notre four-
nisseur.

Ici le père Poingcarré me sauta au cou , tira de dessous
ses vêtemens une excellente bouteille de Bordeaux , m'en
fit prendre la moitié , vida le reste d'un trait , et me pré-
sentant la main : Touche là , me dit-il , et sitôt que tu
seras guéri , nous partirons d'ici , tu nous rejoindras à la
station voisine. Je vais rendre compte de notre entretien à
nos pères , et tu peux dès ce moment te regarder comme
agrégé. Je vais donner des ordres pour que rien ne te
manque.

Le bon père me tint parole , très-révérend maître et
cher compère : huit jours après j'entrai en fonctions.

En quinze jours de temps j'ai été exorcisé cinq fois,

guéri de la rage une fois, de la paralysie deux fois, baptisé trois fois , et converti quatre fois.

En demandant le mariage pour la seconde fois , nous l'avons obtenu , ma femme et moi, pour la première. Je me suis admiré, moi-même , dans les exorcismes. Imaginez-vous me voir, en pleine église, gesticulant comme si j'avais eu dix légions de diablotins dans le corps, grimaçant comme un apprenti cavalier qui fait du bœuf à la mode , et hurlant comme un damné. Les baptêmes , les conversions , tout cela nous a complètement réussi : les aumônes se muliplient , lès douairières frustrent leurs héritiers , les femmes volent leurs maris, les jeunes veuves et les grandes demoiselles ne veulent que nous pour confesseurs ; les jeunes gens se moquent un peu de nous ; mais leurs parens brûlent leurs livres et nous régalent ; et, si cela continue, avant trois cents ans il n'y aura pas un incrédule dans le royaume.

Tout notre monde se porte à merveille ; enfin, vous le dirai-je? ma poudre de pois d'iris se vend par boisseaux, à quatre sous le paquet de deux grains. Je suis choyé des dévotes, caressé des bons pères et ma femme aussi ; Poing-carré m'a appris ce matin que, dans sept mois, je lui devrai le titre de père.

Vous le voyez, mon révérend maître et cher compère, mes affaires sont en bon train, et je dois me trouver heureux. Cependant, il faut que je l'avoue, ce métier a bien ses inconvéniens ; il est fatigant , et j'aurais grand besoin d'un aide ; j'ai songé à vous , et ce serait avec bien du plaisir que je me verrais réuni à mon ancien maître.

Si votre position à Paris est assez heureuse pour vous y fixer, je me plais à croire, mon révérend maître et cher compère, que vous ne refuserez pas de m'envoyer un de vos premiers élèves pour la *St.-Jean d'été,* au plus tard : ce temps-là sera rude pour moi.

Votre élève ne court aucun risque de se gâter, il ne saurait être à meilleure école en sortant de vos mains; il trouvera facilement l'occasion de vous faire honneur, et je vous serai infiniment obligé d'avoir bien voulu saisir celle de faire quelque chose en faveur de votre très-reconnaissant élève.

TURLUPIN, *miraculiste, chef d'emploi à la mission des Carmes.*

ART. 2.

LA *Quotidienne* commence un très-long article sur la nouvelle loi des élections, en demandant la permission à messieurs de la *censure* de parler sur cette loi. La *Quotidienne* voudrait nous donner le change, mais nous connaissons ses finesses ; elle sait aussi bien que nous qu'elle peut tout se permettre, et qu'elle n'a rien à redouter des fatals ciseaux. S'il en était autrement, que deviendrait la promesse que l'ancien préfet impérial a faite de la partialité en faveur des feuilles féodales ? La *Quotidienne,* dans un article de trois colonnes, combat la nouvelle loi, comme étant encore trop peu favorable aux *ultrà.* Que faut-il donc à la *Quotidienne ?....*

— Le *Drapeau sanglant* contient aujourd'hui, suivant à sa louable coutume, un article infâme contre les défenseurs de la Charte. Bien que nous soyons prévenus que la *censure* s'exerce avec partialité, nous ne pouvons qu'être étonnés de voir un article aussi dégoûtant. Nous savions bien que les censeurs étaient les hommes du ministère; mais nous avions cependant lieu de croire que ces messieurs feraient leurs efforts pour se réhabiliter un peu dans l'opinion publique, en ne laissant insérer que des raisons au lieu de plates injures , et des faits à la place de calomnies. Nous nous sommes trompés.

— Beaucoup de causes pour écrits prétendus séditieux, sont appelés dans cette session ; il est à remarquer que tous les écrivains se laissent condamner par contumace. Si les préfets n'avaient pas le droit de choisir *eux seuls* les membres du jury, cela ne serait peut-être pas arrivé. Dans tous les cas , la défiance marquée que montrent les prévenus, est aussi peu flatteuse pour messieurs les jurés que pour M. le préfet qui les a nommés.

— La nouvelle loi des élections passera-t-elle ? ne passera-t-elle pas ? voilà la question que se font aujourd'hui tous les citoyens. Les *ultrà* y répondent en disant que l'ancienne loi est *détestable*, et que bien que celle que viennent de proposer les ministres , n'atteigne pas tout à fait leur but, elle passera parce que les cinq ou six voix déjà si fameuses sont encore pour quelques jours à leur service. Les ministériels disent que quoique cette loi n'ait pas été discutée, elle est passée, parce que tout ce qui est proposé à la chambre est passé d'avance. Quant aux *libéraux* , ils ne peuvent rien assurer ; ils s'attendent à tout.

— Un député qui, depuis 1815, siège au centre, demande, au moment où ses pouvoirs législatifs sont sur le point d'expirer , une récompense proportionnée aux obligations que lui a le ministère; il joint à l'appui de sa réclamation un état de services ainsi conçu.

M. N...... élu par le collège électoral de..... a été admis à siéger à la chambre des députés en 1816, après avoir juré fidélité au roi et à la *Charte.*

.Dans cette première année, il a puissamment contribué à l'augmentation des cours prévôtales et a approuvé de toutes ses forces les massacres du midi.

En 1817, il a constamment prouvé son attachement pour MM. les ministres, soit en votant en leur faveur, soit en demandant *la clôture* ou *l'ordre du jour*.

Il a fait preuve de talent en parlant pour la loi des élections, qui a été adoptée à une forte majorité, en partie formée par ses soins.

En 1818, ledit sieur N . . . . s'est rangé sous la bannière du nouveau ministère, et a gagné un rhume, en criant *la clôture*, toutes les fois que le cas l'a exigé.

En 1819, il a fortement blâmé la conduite de l'ancien ministère, et a défendu *unguibus et rostro* toutes les propositions du nouveau.

Enfin, en 1820 le ministère est encore changé, et M. N . . . ., ferme dans son opinion, a crié contre les défunts ministres, et a appuyé de toutes ses forces les projets de leurs successeurs ; il a voté pour leurs projets, bien qu'ils fussent en opposition avec ceux qu'il avait défendus les années précédentes.

Il a demaudé 402 fois la *clôture*, et 665 l'*ordre du jour*.

.Cet état de services est signé par tous les honorables membres qui ont l'honneur d'exécuter les ordres de leurs excellences. On avouera qu'avec une telle pièce, on peut prétendre à tout, et qu'une préfecture n'est qu'une faible récompense pour un zèle aussi soutenu.

—Quelqu'un demandait pourquoi, dans un siècle où les arts et l'architecture, surtout, sont portés à un si haut degré de perfection, on laissait subsister au milieu de Paris, et en face du plus beau palais de l'Europe, l'église Saint-Germain l'Auxerrois, monument gothique et mesquin, dont la masse informe obstrue les principales avenues du

Louvre. Serait-ce, ajoutait l'interlocuteur, parce que cette vieille église est la paroisse de la cour? — Je vais vous l'expliquer, répondit un *ultrà* avec franchise : c'est le beffroi de Saint-Germain-l'Auxerrois qui donna le premier signal de la *Saint-Barthélemi.*

— *Il n'y a plus de Pyrénées*, avait dit un despote, en donnant son élève pour maître à l'Espagne. Ce mot est plus vrai aujourd'hui qu'à cette époque : les mêmes vœux animent les Espagnols et les Français; la haine du despotisme, les idées libérales, l'amour de la liberté enflamment également ces deux peuples, et jamais entr'eux les communications morales ne furent aussi rapides.

— Quelle différence, demandait-on à un casuiste, faites vous entre les douze apôtres et les douze censeurs qu'on vient d'établir ? — Toute simple : les apôtres furent institués pour répandre la lumière, et les censeurs pour l'éteindre.

— Des personnes qui se prétendent bien informées, assurent que le vaste emplacement, situé entre les rues d'Amboise, St.-Marc, etc, que plusieurs journaux ont dit être acheté par le gouvernement pour y construire une nouvelle salle d'*Opéra*, recevra une autre destination : sur la demande des principaux membres du St.-Office, arrivés d'Espagne, on doit y bâtir, aux frais du ministère de France, un immense *palais de l'Inquisition.*

— *Un homme monarchique*, des plus intrépides, va faire déposer une proposition pour laquelle il se flatte d'obtenir aisément la majorité. Nous nous en sommes procuré une copie ; la voici :

Messieurs,

Un monument élevé sur la place Vendôme par l'usurpateur, fatigue les regards des royalistes, eu rappelant des souvenirs qui leur sont étrangers. Cette colonne audacieuse est d'ailleurs une insulte perpétuelle pour les souverains alliés, et un brandon impolitique de discorde qu'aurait dû anéantir l'acte de la Sainte-Alliance. J'ai l'honneur de vous proposer une mesure réparatrice qui sera d'accord avec toutes les convenances, et que votre sagesse ne manquera pas d'approuver : il s'agit d'abattre immédiatement la dite colonne pour la fondre, et d'en faire frapper des médailles analogues à la circonstance, qui seront envoyées, en signe d'amitié, à tous les souverains de l'Europe, pour leur rendre *la monnaie de leurs pièces.*

Je suis, etc.

— Les agens de la police ont fait, dit-on, hier matin, une visite dans l'imprimerie de M. ***, pour s'emparer des exemplaires en feuilles d'une brochure libérale. Leur perquisition n'a pas eu de succès sous ce rapport ; mais, ô crime ! ils ont trouvé une composition, en forme, de la *Charte constitutionnelle.* Les caractères séditieux ont été saisis ; un procès-verbal a été dressé, et l'on craint que M. *** n'aille biéntôt augmenter le nombre des écrivains poursuivis comme ayant provoqué à la désobéissance aux lois, puisque deux articles de la pièce qu'il réimprime disent absolument le contraire de ce que portent les deux lois que le ministère vient d'obtenir.

IMPRIMERIE DE MADAME JEUNEHOMME-CRÉMIÈRE,
RUE HAUTEFEUILLE, n° 20.